五行歌集

女神の落とし物

石井美和

彩雲出版

女神の落とし物

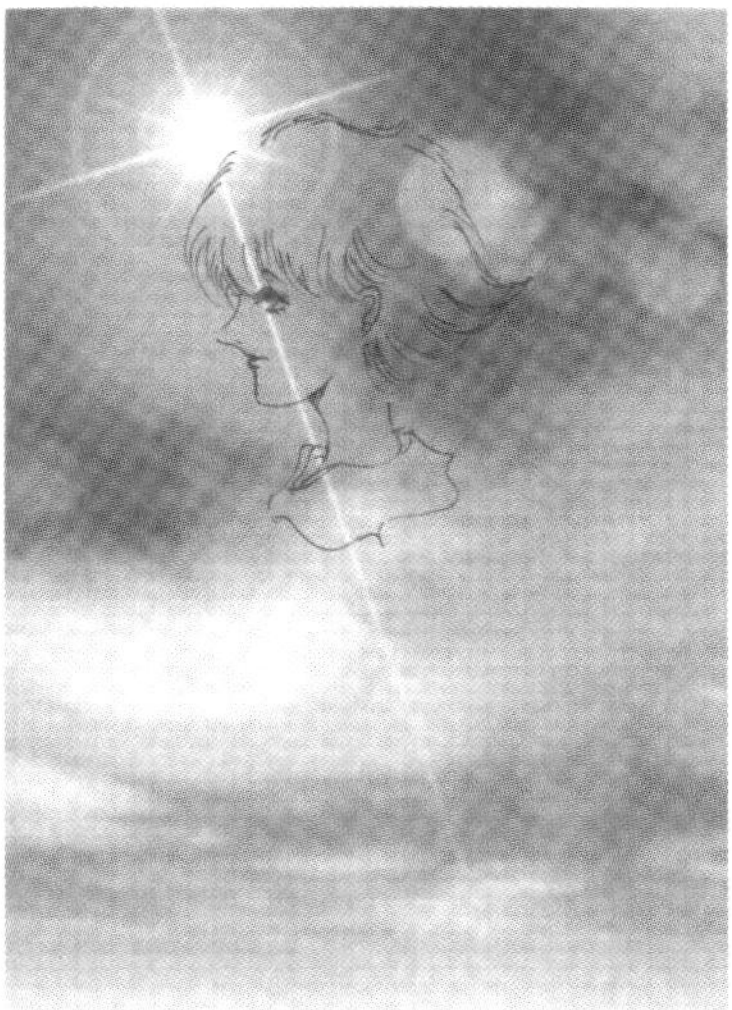

まえがき

『女神の落とし物』を手にしてくださいました皆さま、こんにちは。

私の人生初の詩歌集は、こん盛りとした愛がいっぱいの、私にとってはなんとも可愛い我が子同然のものです。

五行歌を人生の伴侶と思い、はや数年が経ちましたが、私は卵の中のヒヨコのままのようで、私の歌心のピヨちゃんはまだまだ頼りないです。でも、またここを出発点として、これからも遅咲きながら頑張っていきたいと思っています。


これまで多くの出逢いと別れを、たくさんの感謝の心を持って、たった百四十五センチの背丈しかない身で渡ってきました。人生の旅の途中で歌友さんたちと交わす笑顔や、厚い友情はまるで銀河の星のようです。

私のレールは地平線の彼方へまっすぐに延び、忘れてはならない命の連鎖を感じ、命の有難みを受けて、生きてきました。時々、心の中に聞こえる「生きよ」という言葉が天命のひとすじなのでしょう。

十代の頃から作家業に憧れていましたが、スタートは遅く、書き始めたのは三十七歳からでした。今は、五行歌が人生向上のためのパートナーです。

五行歌は今、夢の回廊へと――

現代社会は危機的状況を迎えています。そんな中でも、五行歌人は詠うことができます。一首の力は、この世で最強最大の学び舎になれると信じています。五行歌を詠い、読み、人は争いを止め、自らの一心を得ることができるのです。

もちろん、五行歌の世界は私個人の安らぎある居場所でもあります。

どうか、一首でも構いません、私の拙い歌をご一緒に読み味わってくださいませ。

私の心から生まれた一首が、あなたの心の宝物になれば幸いです。

おかあさんはね
あなたの
えがおを
みたくて
あなたをうんだのです

無才な私を今日まで長い目で見守ってくださった、私の母、シングルマザーの京子さん。私の原稿を、温かな思いやりを持って、編集してくださった風祭智秋先生に感謝を致しますとともに、読者の皆さま、歌友さんたちに心からお礼を申し上げます。

本当にどうもありがとうございました。

私の幸せは、皆さまのお心にございます。

平成二十七年　八月吉日

石井美和

女神の落とし物◉もくじ

装丁／クリエイティブ・コンセプト

1章　ほほ笑みになぁれ

しあわせになぁれ
お花のように
しあわせになぁれ
みぃんな
ほほ笑みになぁれ

優しい
温もりに
抱かれて
私は
花に

今
銀幕の
舞台
光の中からの
開始

貴方《あなた》は
まるで
花の
よう
心に映るワン・シーン

春
来たれば
また一つ
淑女への
におい

人には
愛がある
限り有る
命の
芽吹きと共に

人と人との
助け合い
愛を
つくる人
守る人

今
何か
足りていないとしたら
この
想いだけ

落書き
心の中に
溜め込んだ
ハートの
いたずら

当座
ひとりで
居たいだなんて
心に
壁をつくらないでよ

犬って利口
忠誠心
猫って気まぐれ
甘えん坊
私は　両方

朝の
雨の音が
私の腕の中で
やんだ
昼時の白い月

手紙
一通で
人生に
花々を
咲き揃わせる

春を呼ぶ声が
聞こえる
冬の澄みきった
星と月との
会話のように

心が
さみしくなったら
作歌してみる
ポッと
キャンドル・ライト

ありのままに書く
ありのまま描く
あるがままに
愛が
届く

君の
笑顔
僕を
倖せに
変えてしまう

ゆっくり
歩くのも
いいものだ
江戸時代まで
タイム・スリップしよう

やまのような
ざいほうも
たしかな
しあわせと
いえるものか

歌は
心に
やさしい
おやつ
そう、三時ですよね

やる気を
起こせる人
風の便りに
知る
偉大だなぁ

楽しい
時間を
一番に
知っているから
働くのですね

こころの
温度が
上昇すると
自然に
前向きに

早送りの
カセットテープ
巻き戻せば
懐かしい
故郷の香り

春の季節は
お花と
お喋りしたくなる
まだまだ
幼き私

心が
軽く
なりました
この幸せに
乾杯する一杯の水

あなたにまる
こころにまる
いいえ　それ以上に
はなまるを
プレゼント

桃の色
花の薫り
夜の声
静けさ
続く

呼んでいる
私の声を
さがしている
私の大好きな
母の声

遠い
記憶を
辿り行けば
其処には
美しい声　声　声

休息の
安らぎ
徐《しず》かな
呼吸音
今　目覚めた

2章　桃の花

母が
くれた
ピンクの
四つ葉のクローバー
お守りにと

雪も解けて
新たなる
黄水仙
彼岸花を
待つ

眠いなぁ
花が
連れて来る初夏
もう虫さんたちは忙しそう
ほんとうに元気だ

藍が似合う
深い色合いに
しましょうか?
ひっそり咲く
野バラです

白百合の
儚い
乙女の
香り
夕餉の音
欲望を胸に
今
花の粒子
浴びた
碧い夏

一輪咲き
二輪咲き
花々の
背比べ
勢いにのって

薔薇の色
さまざまに
色と
形を変え
瞳を飾る楽しみ

胡蝶蘭の美しさ
霞草の優しさ
芒の情緒
紫陽花とカタツムリのダンス
タンポポの綿毛でお昼寝しよう

心の窓辺に
花束を
真っ赤なバラは
人生に
花を添える

愛を惜しむことなく
愛を惜しむことなく
天の川へと
進み行く
花園を目指して

秋の
紅葉
光を受け
もみじの葉
灯る

花の美
貴方に捧げたい
女の心は
悦びと花となり
悪心を砕く

ピンク色
イメージするのは
チューリップと
バラと
桃の花

花の
象徴
愛の
シンボル
花言葉に合わせて

春麗の
ピンクのドレス
柄は
白のチューリップ
可愛らしい貴婦人

乙女は
幼い頃から
花に
恋を
するもの

お花は
女の子にとっては
あこがれ
「大きくなったらお花屋さんになるの」
将来の夢をふくらませる

さしあげたい
この花
いちりん
私の一番の
想い人に

花には
花しかない
こころがある
花の蜜は
限りなく甘く

多くの罪を
背負っても
いずれは
花咲く
小路を夢見て

花で
やすらぐ
こころ
あなたへ
贈る

うるわしき
解語の花
人間のことばが
解る花
楊貴妃にも匹敵する美しさ

今年で
二回目の春が来ますね
やがて
大輪のバラのめぐみ
ユリの美しさ

満開の桜
風に
なでられて
楽しそうに諂い
そよがれている

乙女の
愛する
その色よ
色鮮やかな
桃の花

やさしい　風
吹き寄せる
神様の
息って
春風

むなしく散る
花のひとひら
私を救うかのように咲く
いちりんの
名のない花

桃か薔薇か
梅か桜か
髪に飾った乙女の
やわらかさ
清く澄む瞳

想うことの温かみを
忘れないで　と
忘れな草
風にそよがれ
私の傍で笑ってる

3章　スイート・ホーム

幸せって
今の
私のことだね
母が居て
家が有って、庭まで有って

四十年間頑張った
自分があっても
それは充分な
家庭の
あたたかさの強さからだ

家が在るって良いですね
帰宅時
「ただいま」の、後に
「お帰りなさい」の、言葉が有るから
スイート・ホームは大切な楽しい愛の巣

お姫様よりも
ひとりの人として
普通の家庭で
生活できる喜びを
今、ようやく知りました

冷えきった心身に
母が作ってくれた　あたたかいご飯
レンジで再生中
母のやさしさ
心沁みわたる

歌に
味が
しみこんでゆくも
それも
おかあさんの手料理のよう

母のように成りたいなぁ
毎日
仕事がきつくても
明るく、元気で
いつも、ヒマワリのような御人だから！

母の声は
音符のようだ
それも最後は
「ルン」　で
止まる

譲り合い
助け合い
愛を
共有する
一家の理想

害虫を
蛹《さなぎ》に
育て
蝶に孵《かえ》す
私の甥と姪

我家の魅力
私の親
兄と
甥
私の愛する　私の家庭

山のような愛
一滴の　涙が
一番
知っている
家庭運に恵まれた私

おじぃちゃぁん
おとぉさぁん
わたしね
美和はね
幸せだよぉ!!

「お母さん、ごめんね」
また、ちょっと眠れません
私の短所
大きな親不孝
また、もう一本の指にささくれつくる

一時は
母の愛を
裏切り
暴走していた
私だった

心の中で　けんかした
たった　一人の母と
たった　一人の兄と
たった　一人の祖母と
たった　一人の亡父と

また
私は
嘘を
ついた
母、御免

何度、母に誓おうか
私の思う心は
何時も
からまわり
素直になれない時もある

どんなになっても
私は
母を正しく思う
自分の
生みの親だから

母の金切り声がこだまする
祖母の耳が遠く
私の声もおそらく
届いていない
祖母の身体も　母も疲れているようだ

母の
哀しみは
天の悲しみ
愛とは
人を励ますもの

「ねぇ、美和
耳をすましてごらん
今まで知らなかった
メロディーが
生まれているよ」

入学祝に
母が買って呉れた
宝石箱
ながめて居るだけで
気分は、おひめさま

母胎の
子宮は
赤ちゃんの
お城だ
私はころころ笑った

金魚が
鉢の中を
くるくる回るのは
お母さんを
さがしているからなのね

母の
愛おしく
私の
手元
涙の追憶

何をしていようが
いつでも
親は　こどもが心配
だから、今日も
電話が　かかる

「どうすれば
倖せになれるのだろう？」
気ばかり焦って
倖せに飢えていた私は
母から愛されて居た事に気づけた

母への喜びは母への贈り物
貴方だけ居れば
それだけで良い
他は望まない
貴方の笑みが私への素敵な贈り物

母が私に実印をつくってくれた
「有難う」
これで私も
立派な
社会人です

私の影響で
母も「五行歌」
親子そろって
はまり事
理想の母娘《おやこ》

三度の
食卓の
ありがたさ
今日も
感謝して「いただきます」

晩餐なんて
要らない
ありきたりの
人生だからこそ
一番の幸福

我が家の
浴室
キッチン
この日
美しく生まれ変わる

4章　私の小宇宙

神様は
私の体内に
小宇宙の中
脈を
打つ

大きな、偉大なことは
決して出来ないけれど
小さな、静かな心の中で
きっと
何かが出来るのだよね、それが愛だ

どんな天才だって
馬鹿だって
同じ紅い血潮を
もって生まれた
人としての何か

あなたにも
この掛け替えのない
愛と命を知ってほしい
自我から良心が目覚めたら
人間の悪よりも人の愛を理解できる人に

過ちを
犯したぶん
賢くなったと
思いたい
それが、唯一の救い

無の神
欲望に鎌立てる
汚れた人間の
愛する感情は
かけらでも大切

幾千万年
幾千光年
寂しかった銀河系に
地球の生命体
ぞろぞろ　神様の命

人の誕生には　精子と卵子の
結合無ければ　命は存在しない
人とは　必ず原罪を残して没する
その原罪を子孫が　つぐなうことで
神と約束した星の下で命を繋ぐ事となる

宇宙の中
ぽっかり
浮いている
アース
掛け替えの無い故郷

人の出会いに偶然はない
運命という十字架を背負い
人は生きている
ゆく先々は神のみぞ知る
人は世の中を転々と渡る道化

普段の私達は
神様を信じていない
いざ、切羽詰ったときにだけ、
神様にすがる
何とも哀れなはなし

自分の褒美に
夢を与える
天国で、おちついて
愛する神様と
お話したい

うそを
きらう
かみさまが　いました
神様は
真実しか受け入れません

この世を　愛して
この世を　愛して
この世を　好きでいて
立ち止まって
ふいに　涙した私

命がけで生き
戦争を
勃発する
遣り切れない
道理

戦争は地獄でしかない
喰うも　殺すも
銃弾と原子核の恐ろしさ
けれども、祖父には
血の匂いがしなかった

神様が
私達人類を見放さない限り
人は
生きることだけの手段を
取らなくてはならない

神が
人に
あたえられた
試練は
人である限り　解決できる

世界平和への
近道は
人が人を
尊ぶこと
命の大切さ皆気づけ

世界の旅は
アートの旅
異なる国家間の境
失《う》せ
人との深い肝要の心

素晴らしい
時代を
世界を
一番　激しく
望んでいる

神様とは
情け深く
慈悲深く
人を愛する
優しさしかない

神様とは
無数無限の
お力が有る
人の魂をも
愛のパワーで

楽しい物事が
善いことに
繋がれば
あの世に行かなくても
此の世は天国になる

苦しかった
この、つれづれなる思い
やりきれなかった
この、悲しみ
もう一度、祈って神に誓う

救われる
おもいが
祈りとなって
救われる
命の息吹

夕立が
過ぎた
空には
七色の虹が
私を照らす

5章　愛という夢

真新しい
シャツに身を
包む君
細い物腰が
春を感じる

「綺麗な目してるね
綺麗な心持ってるね
綺麗な手してるね
綺麗な歯してるね」
と恋人は惜しげもなく

何も
できない
私だけど
貴方を思う心は
誰よりも深いよ

愛は
心のエナジー
お金には
換算できない
唯一のもの

死ぬこと
生きること
その中の
楽しみは
恋

夢の夢
語れば
何時でも主人公
独りよがりの
恋の手遊び

少女の
美に
たゆたう
愛の
面影

当たり前の恋もなく
目と目が合った瞬間
涙が
込み上がってきた
男の人なんて嫌いだった筈なのに

——愛の呪縛——

恋しちゃ
　　ならぬ
御方に
片想い

恋は
人を
盲目にさせる
私は
〝そのひとり〟

深い情熱と
深く浸透する
愛という熱
何処に居ても
何時《いつ》で合っても

行き違いの
あった
ラブレター
一行一行を噛み締め
涙に滲んだ青春時代

いとおしい
君の
存在
今直ぐ
はじけたい

此処からが
始めの
一歩
今度こそ
人を愛し抜きたい

いつでも
いつまでも
いつでも　いつまでも
あなたと
ともに

何故、私は
泣くのでしょう
笑うのでしょう
愛をあげるのでしょう
貴方がそこに居てくれるからです

たくさんの
愛情に
抱ようされ
多くの勇気を
さずかりました

恋のライトが
点灯したら
未来の
希望を
誓いに誓った朝日を待つ

私には
携帯電話が　ナイ
アル　のは
切手と封筒と文具品
恋人からの愛

ありがとうの言葉から
涙が滲みます
貴方の
愛に
感謝したい

愚痴の　いろいろ何て
要らないわ
だって　私
貴方を　世界一
愛しているもの

突然　遭遇したアクシデント
「恋愛」の　二文字が崩れた
瞬間だった
私の　望まなかった
人生のレール

語れば　ますます好きになった
でも、それなのに
果てしない野心の時間が
お互いを
引き裂いていった

愛を
忘れた
カナリアは
誠の鳥で
他の鳥と恋に落ちました

愛有る私
その分
涙が
隠されている
今でも愛しているのに

許していたよ
貴方を
ずっと
想っていたことは
本当だったから

愛に　恋に
適齢期なんて
結婚のように千差万別
四十過ぎからのバージン・ロードだって
関係ないじゃないの？

花嫁さんの
白無垢の美しさも
ウエディングドレスの優雅さも
はなむこさんの
愛に染まる

連れそう
夫婦仲
手を取り合い
いろどりの
散策

眠い目を
こすって
貴方の心
つい、覗いてしまう
愛という夢が永遠であるように

6章　涙の潮風

私の悲しみは
私だけしか
分からない
私の哀しみは
海よりはるかに深い谷

私の病は
どうして　やって来たのでしょうか
私は　平凡な人生で
前へと
　進みたかっただけなのに……！

早く言えば物覚えつかぬ頃から
幻聴の嵐有る毎日
私の
本当の
悩み、うその言葉

心を
　　読まれる
　　　　不安が
二十四時間
幻聴と　付き纏う

心には
何ヵ所の
言葉の傷が
　癒せぬ前に
新しい傷が　また数ヵ所できてしまう

人は
苦しみだけを
知る為に
この世に
命をうけたのではない

涙の潮風
頬に
あずけ
潮騒の響き
耳に享《う》ける

頭が混乱で
苦しい
そして、鈍い痛み
それを
倖のものとしていた私

また、あらたに
ピュアな
私を知った
自分のかかえている
持病の本当の訳も知らないのに

精神障害者の
一級であろうと
見た目では
一見
判りません、損な私

働きたいよなぁ
働きたいよなぁ
こうして　いる間も
頭と手脚は
アンバランス

前に
有るのは
もうひとりの自分
こわれてしまった
破壊的なハートを持った蜃気楼

消えそうな
今にも
　消えそうな
無くしてしまいそうな
失ってしまいそうな

心の美玉のみを
追求
個性の光る　障害者
まぶしい人の愛
清らかな人の姿

手が　ふるえてしまう
こきざみに　手が
けいれんする
自らの力の音が
腕から　逃げているようだ

ペットでも
病気になる
私の病気は
なンの為
完治したいよ

「わたし」の　持病

どこから　おとずれて
一体どこまでわいてくるのだろう
不安の毎日送るより
素適な笑顔で過ごしたい

涙
ひとしずくの涙
涙だけに
涙しか
語れないものを

辛い人生だった
ふりむいた時
私は　自らの
孤独と立ちむかい
戦い続け、逞しい精神力を培った

私は
私で
わがまましかなかった
それでも私は
自分を憎むことは、もう……

大丈夫！
社会恐怖症
対人恐怖症
いろいろ遭っても
今の私、一人ではない！

清らかな
水流の
波
風よ
私の心の中で流れよ

今と未来《さき》が輝いていれば
それでいい
過去は善いところだけ
とっておこうよ
未来《これから》の私は笑っていいそうだぞ

7章　乙女の爪

言葉で感謝
こころに感謝
態度で感謝
毎日の愛
今も届き行く

道端の
草木に眠る
妖精
精霊
声、空に聞く

佳き日は
雨さえ
好きになる
傘の上で
雨粒がハミングしながら歌うから

人の
倖せは
わからない
私の幸は
人の心の愛に有る

鍋の
凹んだ
下の所
貴方好みの
味がしみこんで

後、一世紀も経てば
台所用品も
一転
包丁は悲しい立場
不使用と成りはしないか

鮨のネタに
舌が
口が
とろけるような
旨さ

望む
倖せ
旅の宿
ちょっと　ぜいたくに
ケーキを　ひとくち

北海道
沖縄
　　国内旅行
　　　　空の旅
サンドイッチの　おいしかったこと

旅ごとに
おもいが
誕生する
はるかなる希望
旅路を終えて

心の平穏が
一番の理想
静かな生活が
一番の夢
神秘の心の姿と旅

幸福の私が
もう近くに居ることを
察する
今までの私も
此の瞬間の為であった

天に
向かいて
鶯の
春の
祝詞の報せ
愛の
路の
山奥
潜む
仙人

天然の美
化粧をぬぐった
素肌の
美貌

古典的な日本人
美の大和女性
長い黒髪
黒い瞳
桜貝の乙女の爪

胸に
ぐさり
石榴の
深紅
目に物魅《み》せる

常に
〝綺麗!!〟で
在りたい
本物の美しさとは
心だけで決まる

「有難う」って
心から言える人って
心を美しくする
綺麗な　嬉しい　礼儀
「どういたしまして」

優しき
その面影は
愛おしき
こころの
現れ

光彩を放つ
美しい
際立ち
優陽《ゆうひ》の
あなたは春の人

8章　かぐや姫新物語

私の心で尋ねた　かぐや姫新物語
姫が一番　愛していた　宝石の在りか
姫をそそのかした魔物がいった
姫、一番宇宙で美しいものは　月《ここ》には無い
星々の中の地球にだけ存在する　それは桜

姫を　とりこにしてしまった
桜へのあこがれ
月に咲け　桜よ咲けと　くり返し
魔法をかける
が　ついに神の怒りにふれた

姫は　地球行きたさに
彼《あ》の世から
この世に行きたいと
願いつづけ
罪と罰を

桜の樹は
私の夢を与えてくれる
一番美しい
古都が
私を導く

京都の町並を
ひとりで
浮かれながら歩きつづけた
急な車道も気づかずに
車は姫を撥《は》ねた

姫は
花片の
花のように
うす桃色の桜に
埋もれるように息をひきとった

桜は無心に
姫を守り　亡骸《なきがら》さえ愛す
気に留めぬまま
風に煽《あお》る
花吹雪

この世で
一番
美しいと
謳われているものが
彼の世でも　一番美しい

桜は
人の心を
酔わせ
姫も　また
その酔いに

姫の命は
彼の世
生をうけること　できぬものに
桜の咲きほこる
その春の精霊となった

桜　咲け
咲き誇れ
咲け
咲け
姫の命　とこしえにあるために

桜の根元に
ひとりの少年
涙　あふるるまま
桜の樹
仰ぎ　また涙する

強い願いは
私の心が
知っている
然《そ》う　語る
姫の命息づく　桜並樹

9章　女神の落とし物

花が咲く音を
耳にしたとき
あなたは
フェアリーの世界への
はじめてのお客さま

桃の花の
種を蒔く
何色に
染まるでしょう
そのかたい蕾

何気なく
気どらない
桃色の
花びら
唇の薄い春の顔

光に
溶かせば
花の体に
天使たちが
そっと降り立つ

やさしい
風に
つつまれて
幸せ
望む

風をうけ
光を浴びて
人生の
脚光を
手にして

花よ　華よ
香る恋
愛する
恋する
季節よ　乙女の春よ

桜
桜
宵の刹那
月と星を
夢見て

春の宵
花吹雪
舞う
女の
着物の乱れ

美しく見える
せつなく思う
一時だけの
満開の桜
死を想わせる花冷え

心の花
咲き乱れ
花々の光
清麗
花の妃

春の風
桜花の
吹雪
美の花片
たずさえて

風が
私の紅の
頬を
くすぐる
少女のおさげ髪

春
心　たけなわ
枯れたりなどしない
桜の色は
私のこころ

春
キラリ
香
豊潤
ときめく花

ちいさな春は
何処から
生まれる
大気の中に
揺られながら

私の心に咲く
枯れない花
その桜は
私を毎日
勇気づけてくれる

風が
つくってくれた
花片に
名前をつけようとしたら
ふわっと女神の落とし物

乙女の香り
春のひざし
しずかに
花と待ち
初夏の訪れ

花の色は
移り
河は流れ
春を呼ぶ
乙女たち

いつか
愛の花が咲く
乱れる如く
愛の賛歌は
こころへの響き

花だって
大切にしてくれる人のために
咲くわ！
私は
あなたが大好き

愁いある貴方に
花を手向けたい
望むものは
恋を謳う
吟遊詩人

チューリップを
愛しつづける
女であるからこそ
可憐なバラも
心に咲く

10章　五行の世界

身も、こころも
傷だらけ
私の
今の生き甲斐は
此のポエムと友人との交流

私の
ペン・フレンド
週に一度の
北海道から
ＦＡＸ・レター

互いに認め合うため
人は
日昼夜学ぶ
愛とは
永久の世界

文字にはね
心を
伝える為に産まれた
声を伝える
神様が　いらっしゃるのよ

夢
幻
今
かくたる
私

誰もが
横一列では
面白みもなく
個性が　とぼしい
多少ぶれてても魅力が沸々と彷彿してくる

五行歌

舵をとれば
綴る
心ひとつ
絞る

たった
五行の
世界なのに
想いが
重いほどぎっしりね

「もう！　寝よう」
と、心しても
寝つけない私
布団の中で
ひとり　五行歌の勉強ばかりです

秘密の園は
歌と言う
創造と
空想とが
結びつく

ポロリロリン
プラパラナン
イカステンキ
パシコリタモ
みぃんな意味ナシ☆

たあいない
いろんな
ワードが
ついつい
ポロポロ

歌は楽しい芸術
心が楽になる
心への　いたわり
マイナス・イオンで
潤う想い

様々な
歌の
声掛け
涙あり
笑いあり

身近な
事から
着手すればいい
難しい漢字に酔いしれる
それこそ馬鹿げた世界だ

解っては
要るけど
時々
脳味噌を絞っても
スカスカ

余計な
言葉が
消えた
残される
不安な時間

利き手に
ペン
握っても
修正液の
嵐

私は
つれづれ取り留めない
文書で遊び、語る
生きているから
その短い間でも善いから

その一文に
巡り会う為
ずっと
心に溜め込んだ
美しさを　発見する

私の詩歌など
所詮
明るく
一皮剝けないものか
私とは　所詮……何者で在ろうか神様よ

言葉の
やさしさに
息を　吹き返す
新しき
命の芽吹きに　感謝する

「有難う」
この言葉から
沢山の
愛を
受け継ぐ

亡父が
私の頭脳に
はたらきかけ
現在に至って
私はこうして　書いています

言葉の粒が
ひとつ　ひとつ
合わされ
偉業
継ぐ

楽しいこと
悲しいこと
笑いたくなること
怒りたくなること
さびしくなること　皆、同じ

何時《いつ》か
必ずやって来る
死を待つまで
私は、あらん限りで
歌を詠う

眠れない夜は
思いつくまま
歌をうたえば
そっと……
豊かなやさしい眠りが訪れる

11章　うたの岸辺

大切な何かの
匂いを辿りながら
歩こう
目には見えない
はるかな道

（元歌　智秋）

愛する人の想い
運ぶ大切な風
いつか
二人で飛ばす碧い風船が
教えてくれる道

（返歌　美和）

咲くのが下手だと
嘆く花など
ありはしない
思いのままに
咲けばいい

（元歌　智秋）

文書は
ひとつの花
書いては
咲かせて
いけば好い

（返歌　美和）

目薬のような
一滴の
言葉が
あなたをいやす
瞬間がある

（元歌　智秋）

あなたが
望むのならば
涙よりやさしい
愛を
さしだしましょうか

（返歌　美和）

私が私であるために
あなたが
あなたであるために
守りたい何かを
探し続けている

（元歌　智秋）

私が
あなたにできること
五行の歌で
お互いに
心を潤すこと

（返歌　美和）

ぬかるんでいる道
泥だらけになりながら
私は歩く
苦娑婆　苦娑婆と
此の世の泥がはねるよ

（元歌　智秋）

道はぬかり
泥に浸かっても
私は
仏になるまで
泥を浴びて

（返歌　美和）

蕊が
折れた花にも
理由はあろうが
知る由もなく
ただ美しいだけのこと

（元歌　智秋）

朽ち落ちてしまうときまで
どんな姿になっても
美しい花は
その姿のまま
美とは衰えない

（返歌　美和）

思い浮かべると
笑顔しかなくて
ありがとうとばかり
言っている
小春日和のひと

（元歌　智秋）

想い浮かべるたび
彼の去り際は
あたたかく
愛情たくさんの
おおきな手の温もり

（返歌　美和）

この歌の
一文字
ひともじが
あなたの
表情をしている

（元歌　智秋）

この一行
ひと文字が
キラリと
ひかる
愛の表現

（返歌　美和）

いつか
出逢う
あなたの
幸せを探す
喜び

（元歌　智秋）

いつか
はじまる
出逢いの予感
今を
私は少女らしく

（返歌　美和）

誰に
どのように
感謝したらよいのか
わからなくなるほど
愛に囲まれている

（元歌　智秋）

誰にも
ハートという
宝物の入る器が有る
あとは
愛が満ちるまで

（返歌　美和）

あなたの時計は
いま何時？
どうか
いつまでも
しおれませんように

（元歌　智秋）

あなたの時計は
私好み
どうか
私を
花片に刻んで

（返歌　美和）

そんなにカンタンに
わかりあえるとは
思えないから
せめてアンテナを
伸ばしてみよう

（元歌　智秋）

物事つかむまで
何も気づかない……だから
心のアンテナ
頭の先まで
せめてみがいておこう

（返歌　美和）

裏側の
美しさが
透けて見える
あの花も
あのひとも

（元歌　智秋）

都会の雑踏では
気付かない
人の真心
本当の美しさ
透ける優しさの思惑

（返歌　美和）

恥ずかしがらないで
いつだって
優しい風が
包んでくれるよ
はじめて出逢ったきみを

（元歌　智秋）

恥ずかしかったのは
優しい風を
身に受ける
倖せを
知らなかったから

（返歌　美和）

翅に映った
落ち花
いちりん
あきらめきれなかった
青い空

（元歌　智秋）

最期の
いちりんでも
天は愛す
青い空とは
かくあるもの

（返歌　美和）

忘れ去られた
夢たちを乗せて
回転木馬が回るよ
オルゴールの調べが
森にしずくを与えて

（元歌　智秋）

子どもたちの
夢をつれて
回る
木馬の
オルゴール

（返歌　美和）

花びらを数えるように
今日いちにちに触れた
優しさと
幸せを
数えながら生きてゆく

（元歌　智秋）

花片の
妖精の花冠
乙女がドレスをまとい
幸せと
花言葉を数えて

（返歌　美和）

12章　パノラマの劇場

笑いあり
涙あり
人生《ロマン》という
パノラマの
劇場

旨く
生きようとしても
しょせん
むり
だから　人生というもの

道端の
草木が
心を和ます
そんな癒しの
春のひだまり

人生って云うものは
どうして
こうも
上手く
ゆかず

山があるから
谷がある
苦しいことがあるから
楽しくも成る
プラス・マイナスの仲のよさ

互いの
理想
守りゆく
心と
愛と正義

小さな物事でも
やがては
偉大な
人の手によって
勇気有る一歩を踏む

今の私が生きること
心構え
たとえようもなく奥深い
本来自身の
「私」が目を覚ます

苦して
尚
人は
信じて
前進する

雷鳴は
人生の
怒り
雨降れば
黒い雨

疲労を
感じたら
　ふっくらとした
甘い　あんこから
元気を貰う

人に優しくなれば
自分のところへ
優しさが返って来る
それが本当の意味の
要領の良さ

間違いを起こすのは
人間が、人である以上
どうにもならぬこと
霞《かすみ》を食べる
仙人しかわからない

誰が
上に立とうが
不平不満
それなら
きみが遣ってみろ!

今を生き抜く
働く力が
未来の
人生を
豊かにさせる

今日の
終わりは
明日の
始まり
未来は必ず切り開く

知らぬが仏
でも、正直者は
神様が味方
そうでも思わなきゃ
自分《おのれ》が可哀想

駆け巡る
愛の
手腕
力強く
生き抜く

愛の叫びは
心の
悲鳴
身体を壊してまでも
生きていたくて仕方が無い

病院を
大切に
思えるように
為りました
愛の賜物です

北風より暖かい
心の
広さで
人格を
つくりあげよう

夢の
愛で　いっぱい
心《ハート》で
知る
憩いの部屋

倖せの
チャーチの
鐘の響きよ
遠くきこえた
幸福の鐘の音の万感　こんな時に

13章　自然と共に

眩しい
光の
粒
生きている
此の地球の中で

雲竜の
威風堂々
眼動かし
龍の
気高

雨の音
光の眩しさ
雫の流れ
優しい、美しく、壮大な
自然に満ち

虹の橋
架かる
天からの
贈物
人への　褒美よ

碧い世界を知った
トキ
鳥の
羽撃き
世界へ飛ぶ

黒鳥の
風切羽の
対比の
白
有限の麗の姿

黒揚羽
南国の
姫君様
よろしく
美しく　花の中舞う

石榴を
ザクリと割る
人の血と似る
その赤とは
人の心臓か

星の音楽
星座の踊り
辛き哀しみに
光の環
梢を揺らす

早まる
時代の
スピード
宇宙の旅も
近きところ

宇宙は
広大であるから
浪漫を掻き立てる
深海も同じく
惹かれる命と魂でいっぱいだ

深海魚
チョウチンアンコウ
ハダカイワシ
単純な体色
著しい変形魚

海底には神秘で満ちている
深海の其処
まだ知らぬ夢の中
人の手を拒む
海の底

秋刀魚の開き
タコとイカの吸盤《きゅうばん》
海産物の
宝庫
魚市場

偉人であっても
動植物を
食まねば
人生を
歩めぬ

常に
自然と
共に
歩む
我が人生

碧い海は
何時《いつ》まで
その色で
在り続けられるの？
黒い海は何時《いつ》からその色なの？

人類の生贄の地球！
地上の上
人類は進化し
都度
自然を裏切った

たった一本の樹を救い
多くの木々を犠牲に払う
人の矛盾
多くを愛せるのに
一人の愛さえ射抜けない

樹にしたって
病気になるから
樹木の保全の為の
樹医がある
みーんな、元気になぁれ！

深い
未開の地
未見の浜
神が潜む
樹木の世界

人と森とは
常に
一体である
人類さえ居なければ
此の世は平和になるのでは？

植物にしたって
引きちぎられたら
痛い
悲鳴を
上げる

計り知れない
感情は
人だけではない
動物も魚たちも
一緒だよ

私の心の中に
いつも　おなかを　すかせている
仔猫《こねこ》たちの
心の叫びが
届いてしまうのです

偉大な
太陽の外部には
百万度のコロナが有る
太陽は宇宙の母
海は生命の母

自然の
地球の青
空と海を
切り取った
その恵み

幸せの波は
打ち返して
また　波は去り
太古からの約束で
海水は巨大な噴水

山が
神々しく
朝焼け
夕焼け
　山頂は薔薇色に燃える

人によっては
「故郷が無い」
等と
言うかも知れぬが
地球さえ有れば、其処が故郷だ

14章　いっしゅんのきらめき

私の趣味
「わたし」を　楽しむ事
できること
紙の隅に
瞳の大きな落書き

いろいろ
有る
人の世の中から
美しい色彩を
求める

描きたい想いは
五万とある
だけど　ついてゆけない
私の
画力

高等学校までの
絵に対する想い
消えそうな灯
今の私にとって
文書が私の　心臓

大人であるからこそ
疲れた心を
癒すため
画を
描くべきだ

一日は、二十四時間
一時間は、六十分
一分間は、六十秒
その空間の中で
夢を抱く

ほめてもらえば
伸びてゆく
ゆえ、ますます腕が上がる
やる気の
向上

いっしゅんの
きらめきの
なかで
ひとは
いきる

夢が
現実に叶ったら
私は新しい
夢を
貯金します

人の背に
もしも、翼が
有ったとしたら
どんな鳥に成って
大空を羽摶くことでしょう

歳なんて
一つの目安にもならず
必要なのは
此処まで生き抜いてきた
証

四十代の
証明か
白髪が
三本も
飛び跳ねている

どんな歳になろうと
夢さえ持っていれば
熱い情熱さえあれば
青春は
続く

終《つい》ぞ
深夜《しんや》の
十二時の鐘の音《ね》
魔法のプリンセス
シンデレラの靴よ消えないで！

乙女の香り
残しつつ
一歩　一歩
着実に
淑女のなりに染む

花と
夢は
囲む
女性を
乙女に変える

大丈夫
今まで
ずっとやってきたこと
これからだって
何とかするよ、出来るよ

結局
人なんてものは　嘘出鱈目
だけどね
その分
人の温もり求めて生きてんのよ

優しい
人と
思われたい
愛の
深さを感じるときに

やさしい
時の
空間
ここちよい
冬のひだまり

15章　天国の切符

ベル・エポック
古き良き時代
新しき好き時代
人とは　限られた人生で
常に　精神《ハート》を磨く

命はね
形有る命には
くぎりがあるの
かわいいって　可愛いっていう
抱きしめたくなる命にも――

貴方も
人の手を
借りて
生まれて
命を授かりました

あなたは孤独になるために
産まれて来たのではありません
人から愛されるために
此の世に
生を宿したのです

私の過去を燃やす
つながっていた
つらい日々を
ぶつり　と、ちぎり
目を伏せて再び上を仰ぐ青い空

私は　人から
早死にするって
聞かされた
聞かされたけれど
自由が私を救ってくれた

今！
貴方が、こうして
生きて居るのだから
私も頑張りたいです
生きる！　と言う、世界を味《あじ》わいたい

時は
私を
伸ばすようだよ
人間も
やがては、仏に成るのだ

生きるって
何かを
築きあげる
ゆえ生まれてきた
命

人は
生きてこそ
価値が有る
死ぬのは
人生の終着駅

死を
控えて
人は
考える
「自分という人間とは……！」と

美しい
墓場がほしい
誰にも苛められない
じゃまされない
深い眠りを教会で

「天国の
切符は
まだまだ
だよね」
「ふふ」　母、笑む

私の四十年間の
小さな　歴史
やがて
去れば
そこに　小さな小石

16章　叶わぬ愛

私の手
貴方《あなた》の手
気持ちが
届く
青春時代を想い返す

春に恋におちて
夏に燃え盛り
秋に別れて
冬に巡り合う
それが〝恋〟

真っ白な
時間
散策の
雪
私の恋を白へ初《そ》める

如月
誕生石は
紫水晶《アメシスト》
貴女に贈りたかった
魔法の宝石

髭が
有っても
ニヒルな
貴方《あなた》の
横に座る

こころが
もとめている
あなたのことが
スキすぎて
いまにも　ないてしまいそうなほど

気持ち　高め
共に　手を合わせましょう
ワインの色は
宵の共の
ロゼにしましょうか？

キラキラ
夜空が
唄いだす
恋の花束
持ち寄って

優しい
愛の言葉
「愛している」
その
一言

やがて
膨らむ
愛の
憧れ
親しき仲

新しい
夏の便りに
海が
歌を
唄いだす

かざした
傘に
貴女を
招けば
唇から優しい、と息

有難う
貴方《あなた》の
心に
頷いた
私への愛

愛らしい
連呼の
愛を
降り注いでも
叶わぬ愛もある

さみしい時には
あなたのお声が
たより
心配して
気弱にならないで

何も難しい事を
告げていません
本当の愛を知らない
それだけ、です
そこのあなた、今何て思いましたか？

あなたに
ありがとう
すみきった
碧の瞳を
うしなっても　あなたを愛しています

17章　見えない糸

心の灯は
限りない
愛の形
　欲を言わず
　欲をかかず

笑い
閉ざされる
淋しい
打算的
微笑み忘れた女神よ

貨幣で
生きる
人、人、人
忘れ始めている
人の優しさ

お金ってさ
人を
不幸にさせるけれど
そのお金で
豊かに暮らせるよね

御金では
買えない
愛は
買えない
売り物なんかじゃナイ

寂しい愛よ
その器の小ささよ
弱小の
可憐な花の数々
童の手に触れ

人を心から
愛せない
信じられない
小さな傷は
ますます大きくなる一方

私自身の不幸は
自業自得
自ら罠に掛かったよう
大切な決まりごと
簡単に　無視

こゝろが
荒んでいては
何も
始まりは
せず

生きるという事が
神様の情けで
ハートを熱くさせる
今、此の私に出来ること
それこそが天命だ

くらくら
あらあら
煮つまる
災暑の
今夏

災害で　失い
初めて
生活の潤い
噛み締める
幸福の何たるかを！

心ばかりの品とは言え
破棄するには
忍びない
作り手の愛が
込められている

かいがいしい
あなたの
こと
つくりわらいより
こころから　ほほえみを

遊具の
キズ
柱の
キズ
子どもたちの成長

幼い頃から
ずっと
思い抱いていた夢
此の一頁から始まる
心の扉の天国の世界

すべての夢が
かなうと知ったとき
私の背中に
自由という翼が有るものと思い
私は宙に身を躍らせた

今が肝心!!
不幸だったら
今日までの
私は居ません
今、最高です!

おなか
すけば
どんな物でも
美味しく
感じる

五体満足
人は
それだけで
幸せなのだ
飾りにしている暇は無い

誰よりも
素晴らしい人って言うのは
誰よりも
欲をかかない
優しい人

真っ白い
姿の
あなたの影
新雪に
冴える

毎日　毎日
両目から
しずくが
はら　はらと
あとから　あとから　したたる

涙の滴が
頬を伝います
貴方の涙腺から流れた大粒の涙は
今、何色に
変わって行きましたでしょうか？

かなしくて
あなたに
あいたくて
最期は
土になる

誰でもない
あなたが居る
私の
存在意識は
此処にある

人の出会いに
偶然は無い
見えない糸で
人は
人を演じてる

日常の
気持ち
ありがとう
言葉のお返し
どういたしまして

楽しいことが
気持ちいいとき
普通があるから
幸せなんだ
当たり前は神様の愛から

18章　小さな神様

こころに
翼をもて
宙高く
今を
舞い上がれるのならば

心の空を
想像の翼で
跳んでゆく
飛んでゆく
私の空を　共にとび交う

秘密は
どこか神秘的
此の扉の
向こう側が
知りたくなる

哲学とは
何故か
螺旋階段
に
似通ってはないか

皆
完璧ではないから
人は
人を
求める

山のような
宝石も
錦鯉のような
立派な恋も
本人次第さ

心臓はハート
愛情もハート
気持ちの
問題なんだ
今日から精進しよう

鍛えるべきものは
頭脳だけではない
体だけでもない
神が人に与えた
心身なのだ

馬鹿正直の
気立ては
私ゆえの性格
心の優しい人こそ
強さに満ちている

頑張って努力する人って
大好き
自分を
鏡のように見立て
一生懸命、精進している

透明　か、白　か
どちらが
綺麗か
問われる
未熟の　精神

〝今のままで
かまわない〟
師の
言葉
素直に　嬉しかった

もし……
と　言う
パラレルワールドが
在ったとしたら
今の私は存在するだろうか

逸《はや》る
心と
制する
意志
どちらが正しい

欲ばかりかくと
面白くないよ
程ほどに
適当が
一番素敵

怖じ怖じ
こころの
奥に
迷い有り
時が過ぎ去るのを待つ

心の
棘の数は
生きて
覚えた
嘘の数

美しいものの
ひやりとする
トゲは
身をも
刺す

人間って
どこまで
嘘をついてしまえば
閻魔様に
舌を抜かれるのか

人の
心は
パズル
一ピース失えば
完成しない

全人類の
方々よ
駄目駄目人間の
私を
叱って下さい

現実は
魔法でも
まやかしでもない
現実を見る
人の心が一番知っている

言い訳苦しい
世間の風当たり……やんなるワ
真新しき　光の導きは
すぐ
そこにあるのよ！

昨日までの
出来事なんて
空っぽも同然
過去は
善いところだけを、とっておく

「ありがとう!!
本当に
どうもありがとう!!」
最上の幸福を　特上の感謝を
かけがえのない方から　授かった

心に届く
オルゴール
複雑な旋律
今、新たに
耳元で斬新に奏でる

たとえ、世間の
北風を
受けても
心は
二十四時間、春の日溜り

沢山の声援が
私を迎えてくれた
辿り着いた先は
緑と花の
楽園　其処は天国《エデン》だった

焦らないで！
ゆっくりやってイイのだよ
元気な励ましが
実に見事なほど嬉しい
「そうか！　知らなかった　この感覚だ」

前進していって
後ろに
転倒しても
目の前には
美しい花々

「ありがとうございます」
心に
ひっそり
小さな
神様

幻か
幻想か
私は
何時《いつ》まで
夢の続きを思いかえす

その幸福の
心理
いついつまでも
留めて
置きたい

喜びは天使の
翼の数
白い羽は
人の
本来の心の色

19章　しあわせの色

小さな部屋でも
その分
光は
朝からずっと
届いています

カーテンが
ゆれるたび
まるで
ウェディングドレスのような
美しい目映さ

笑おうと
思ったとき
ほほ笑み返せたら
顔から
ハートが飛んでゆく

まぶしい
想い出が
私の財産
きらびやかさ
たくさんの詰め合わせ

私の筆力とは
なにやら
魔女らしい
私の一言で
世界はひっくりかえる

ウサギのダンスかしら？
ウナギのダンスかしら？
私の心の
浮き沈み
ちょっとオーバーだったようで

言葉が重い
声を思うように
出せない
この病は
どこからやって来たというのか!?

幻なんかじゃない
人がこの世に生きて
死ぬまで
いや、死んでも
永い永い歌を詠む

人生の愛の庭で
恋するピエロ
君とのひととき
ひたすら一途に
愛を模索する

甘いばかりの飲み物は
もう要らない
シトラスに酔いしれて
その薫りを愛して
思いっきり深呼吸しています

うつ症
去りゆくだろうか
去れば
そろそろと出現する
倖せの靴の音

流儀は
言語の奥に
ひそんでいる
上手に引き出して
伸ばしましょ

涙が
ぽつり　ぽつり　と
こぼれます
あの日の涙を
想う雨

一番
大切にしている人形
奥様が綺麗な紙で
作ってくださった
美しい優しさ

真面目って
何処で
判断する？
何処で
悪と決める？

武器を取っても
勝ち目のない戦
銃で人を倒すよりも
利き手でペンを持ち
自由の空を書く

人間誰しも
完璧のレールを
作り上げていないよ
創っている最中の
サグラダ・ファミリア聖堂

優しい
貴方の
御顔
見つめるだけで
背中に天使の翼が

心の温度が
下がってきたら
作歌タイム
ぼわっと
暖炉のようになる

天から降った言葉は
たしかな意味に
つながった
夢と
希望の愛

想い出は
グレーと黒だけ
捨てましょう
白と黒に見える
ブラウンはとっておくことにして

心は
捨て去らない
苦労の分だけ
大きく
大きく育つ

母に何度
謝ろう
母に何度
感謝しよう
母は神より絶対だ

神は母の口を借りて
仰る
強い子で
優しい子で
良い子で在りなさい

母の愛に守られて
淋しさ何てものはなかった
強い私が
そこに居て
何もないけれど倖せ

あなたにも
きかせてあげたい
鳥や花
虫や動物
声なき声、言葉を

弱い人も
強い人も
みんな
生身の人間
できないことを助け合って生きる

真新しい言葉が
次から次へと
命の言霊が
生まれては
成長する

しあわせの色って
何色？
心が
倖せでなかったら
瞳がくすんでしまうよ

しあわせ
しあわせ
しあわせ
あなたと居るだけで
しあわせ

やわらかな
ひざしを
おひさまが
贈ってくださる
青い空のうえで

20章　MY　MIND（自由詩）

オリュンポス讃歌

紀元前九世紀の　ホメーロスが歌う
英雄となった　アキレウス　オデュッセウス
吟遊詩人の奏でる　伝説は
神々の定めた　運命　冒険
姿りりしく　勇気にあふれ
いつでも苦難を　乗り越えた
英雄たちの　物語

紀元前七世紀の　ヘシオドスが歌う
神話の時代の　ゼウス　ヘラ　ポセイドン
吟遊詩人のつま弾く　伝説は
人間性ゆたかな　感情　嫉妬
姿やさしく　美しい身で
心の悩みと　闘った
神々たちの　物語

絵画の天使たち

天使には
女神のような
やさしさと
美しい声
真っ白の羽

母となる
マリアに祝福
ガブリエル
幾多の絵画の
貴き姿

抱きしめたい　～マーメイドに恋した王子～

強く　強く　抱きしめたい
姫を　姫を　抱きしめたい
本気の　恋だから　はなしたくない

長い黒髪　青い瞳の　人魚姫
君とふたりで　一緒に暮らそう　人魚姫
王子の　立場なんて　僕は捨てるよ

強く　強く　抱きしめたい
姫を　姫を　抱きしめたい

本気の　恋だから　はなしたくない
足の代わりに　声をなくした　人魚姫
君の言葉は　なくても分かるよ　人魚姫
話は　僕がするよ　姫の分まで

いつも　いつも　抱きしめたい
姫を　姫を　抱きしめたい
本気の　恋だから　はなれたくない

いつか　いつか　この海には
姫と　僕の　こどもたち
かわいい　笑い声　姫の分まで

私はワンちゃん

ワンワン　私は　賢いワンちゃんよ
それなのに　どうして　かまってくれないの
私は　おうちの人に　甘えてみたい
だあれも　私を　見てくれないの

ワンワン　私は　賢いワンちゃんよ
それなのに　どうして　世話してくれないの
私は　おうちの人と　ご飯を食べたい
みんなが　私を　忘れているの

あらあら　あなたは　可愛いワンちゃんね

おうちの　外から　だれかの声がした
つながれた　私の頭　なでてくれたの
だれかな　だれかな　やっぱりうれしい

ワンワン　私は　可愛いワンちゃんよ
だれかが　おうちの人と　話をしていたの
私は　優しいだれかに　もらわれてくの
ありがとう　新しい　ご主人さま

ワンワン　私は　可愛いワンちゃんよ
毎日　カリカリの　ドッグフードと
ふかふかの　クッションもある　幸せいっぱい
大好き　大好き　ご主人さま

梅雨時てるてる坊主

どのみち　このみち　てるてる坊主
きのうも　きょうも　てるてる坊主

つるした時には　「おねがい　おねがい」
晴れたら忘れる　「どうもありがとう」
あの子もこの子も　知らん顔
おいらはそのまま　雨ざらし

どのみち　このみち　梅雨時だから

雨粒ぜんぶ　飲みほしてやる
どこかの誰かが　泣いてるんだろう
雨も涙も　飲みほしてやる

どのみち　このみち　てるてる坊主
おいらは　きょうも　てるてる坊主
どのみち　このみち　てるてる坊主
きょうも　あしたも　てるてる坊主

小さなあの子は　顔描いてくれた
天気になぁれと　歌ってくれた
今ではどの子も　知らん顔
おいらにゃ目もない　口もない

どのみち　このみち　梅雨時だから
霧雨　さみだれ　打たれてやるさ
どこかの誰かが　泣いてるんだろう
どしゃ降りだって　打たれてやるさ

どのみち　このみち　てるてる坊主
あいらは　あしたも　てるてる坊主

芝居

人生とは
ドラマです

主役は私でもあり
あなたでもあるのです

此の世という
観客席の大舞台で

一期一会の
柿落《こけら》とし

SUMMER COLOUR

初々しく　浴衣着て　花火を見る
髪をポニーテールに結い
彼と　食べた
アイスクリームは
不思議と　ロマンが有る
こころは　浮いてる

左手を　見れば
未だ　玩具の指輪さえ

きらきらと輝く　思い出たちが
ダイヤよりも　すうだん
素敵な物　ロマンチック
あの日の記憶

今も　しっかり　残っているよ
サマー・カラー

下ろしたての　下駄を履き　花火を見る
彼の　右腕を握った
普段　違う
彼とのデートは
ステキな　ハートが有る

一番　冴えてる

お金さえ　無くて
だけど　そんなこと気にしない
深夜旅行への　逃避行にも
繰り出した　レッツゴー
忘れもしない　本当だよ
あのこども時代

昔　愛しむ　夏の夜の色
サマー・カラー

日本晴れ

朝からよぉく　晴れている
今日こそあの娘に　告白だ
決めたぞ　即日　吉日だ
あの娘じゃなければ　だめなんだ
オイラの味方は　日本晴れ

学生街の　喫茶店
常連のあの娘に　告白だ
がんばれメゲるな　マイハート

もうすぐあの娘が　やってくる
オイラの味方は　日本晴れ

人生初の　ラブレター
あの娘に渡して　告白だ
ドキドキドキドキ　胸が鳴る
とにかくあの娘は　受け取った
オイラの未来は　日本晴れ

学生街の　喫茶店
出て行くあの娘を　見送った
明日も会えたら　願わくば
あの娘と二人の　ランデブー

オイラの未来は　日本晴れ

学生街の　喫茶店
七十年代の　喫茶店
オイラの青春　真っ盛り
今でも時々　思い出す
オイラの青春　日本晴れ

マイマイ　MIND

おれたち　マイマイの　エスカルゴ
ひとりに　ひとつずつ　殻がある
小さくて　固いけど　この家は
秘密だって　守れる　城なんだ

おれたち　マイマイの　エスカルゴ
ひとりに　ひとつずつ　城がある
せまいけど　ねぐらには　ちょうどいい
気が向けば　引っ越しも　できるのさ

おれたち　マイマイの　エスカルゴ
ひとりに　ひとつずつ　城がある
それなのに　誰かが　攻めて来て
たくさんの　仲間が　捕虜になる

おれたち　マイマイの　エスカルゴ
ひとりに　ひとつずつ　意志がある
大皿に　乗せられて　食われても
いさぎよく　あの世へ　行ってやるさ

はい！　どうぞ

お母さんは　キッチンで　お仕事
お姉さんは　お母さんの　お手伝い
今夜も　腕を　ふるいます
はい！　どうぞ　お夕食　召し上がれ
あっと！　そのまえに「いただきます」
お父さんも　お兄さんも　好きなメニューよ
さあ　どうぞ　さあ　どうぞ　召し上がれ

お父さんは　書斎で　お仕事
お兄さんは　勉強部屋　明日は試験
今夜も　机に　向かいます
はい！　どうぞ　お夜食　召し上がれ
あっと！　そのまえに「おつかれさま」
お母さんも　お姉さんも　好きなメニューよ
さあ　どうぞ　さあ　どうぞ　召し上がれ

花

人生は　生花に似る
どれもが誇らしげに
咲き競って　揃う花々たち

フラワーショップは
まるで名画か
憧れの映画の
ワンシーンのよう

豊潤たる　その芳しさに
乙女たちは
心躍らせる

私は一輪、一輪の花言葉は
知らなくとも
花の美の存在は
誰より一番よく知っている

風

風を創ろう
風を呼ぼう
風とともに居よう

風と人が
一体になり
世界を旅するまで

私は大地の一部となり
心の芯を神に捧げる
私の理想とは
神と人の世界を
渡り歩ける者となること

跋——ほとばしる言葉たち　風祭智秋

驚くべき創作エネルギー。美和さんの心からほとばしる言葉たちは、留まるところを知りません。

平成二十年一月号から、『彩』に参加してくださっていますが、第一回目のご投稿からすでに一ページの特集にチャレンジされていました。それから今まで、毎月どれだけの作品を送ってくださったことでしょう。

実は「いつかきっと歌集を発表する」という夢を抱いてから、『彩』への作品のみならず、歌集用の原稿として別便で、歌がパンパンに詰まった大きな封筒を何度となく、送ってくださっていたのです。

たった
五行の
世界なのに
想いが
重いほどぎっしりね

「もう！　寝よう」
と、心しても
寝つけない私
布団の中で
ひとり　五行歌の勉強ばかりです

寝ても覚めても、五行歌。五行歌人の鏡のような美和さんなので、一度歌会でぜひお目にかかってみたいものだと思い、お誘いしたことがありましたが、まだ残念ながらお逢いしたことはありません。理由は、重度の精神的な病気をお持ちだということなのですが、最初に打ち明けられた時の衝撃は忘れることができません。

すでに学生の頃から、幻聴や妄想などに悩まされてきたそうで、山ほどの薬を常用しているとのこと。一度、処方箋のコピーを見せてくださったのですが、その数たるや想像を絶するもので、私は思わず自分の顔を覆って、泣きました。

こんな苦しみの中を生きていらっしゃるのか！

五行歌が美和さんの命を繋ぐ術になっていることを悟るとともに、彼女の心の闇はどこまでも深く、深いゆえに一すじの光を求めて、数えきれないほどの歌を書き続けているのだということが解りました。

心を
　読まれる
　　不安が
二十四時間
幻聴と　付き纏う

　　消えそうな
　今にも
　　消えそうな
無くしてしまいそうな
失ってしまいそうな

病んでいる自分の心を見つめることを恐れず、勇気を持って、詠い続ける美和さんを多くの歌友さんが応援しています。もちろん、私も。

そして美和さんを一番大きな声で励まし続けてくださっているのは、お母さまです。優しくて、お料理が上手で、いつも温かな愛情を美和さんに全力で傾けていらっしゃる様子が作品からも伝わってきます。

金魚が
鉢の中を
くるくる回るのは
お母さんを
さがしているからなのね

大好きなお母さんをさがす金魚は美和さんであり、私たちでもあるのです。

どんなに苦しくても、どんなに悲しくても、愛がある限り、素敵な人生を歩んで行ける——美和さんの作品を読むたびに感じることです。

また、美和さんのように精神的な病を持つ方々が、この歌集に触れることによって大きな励ましを得るのではないかと期待しています。

前進していって
後ろに
転倒しても
目の前には
美しい花々

美和さん、これからも一緒に進みましょう。花々が咲き乱れる道を。
どうか未来に幸多かれと、心からお祈りしています。

著者プロフィール

石井美和（いしい みわ）

昭和46年4月16日生まれ。平成20年1月より月間五行歌誌『彩』同人となる。この頃より五行歌の創作活動に打ち込むようになる。『MY詩集』元会員。

血液型B型。星座はおひつじ座。好きな花は薔薇とチューリップ。好きな言葉は「愛」と「友情」。

女神の落とし物

平成27年8月24日　初版第1刷発行

著　者　石井美和

発行者　鈴木一寿

発行所　株式会社 彩雲出版　埼玉県越谷市花田4-12-11　〒343-0015
TEL 048-972-4801　FAX 048-988-7161

発売所　株式会社 星雲社　東京都文京区大塚3-21-10　〒112-0012
TEL 03-3947-1021　FAX 03-3947-1617

印刷・製本　創栄図書印刷株式会社

ISBN978-4-434-20969-7
定価はカバーに表示しています